이향영 Lisa Lee 시집

SEVEN STARS
그대들을 위하여

문학의식사

SEVEN STARS
그대들을 위하여

미스터트롯 최종 7인 헌정 시집

전 국민에게 힐링이 되어 준 그대들에게 바칩니다

이향영 Lisa Lee 지음

시인의 말

태평양을 건너온 고목은 어려움이 많았습니다. 친구들이 있는 LA로 수천 번도 더 돌아가고 싶었지요. 지병을 앓고 있어서 건강검진을 받던 중 암 판정과 우울증 판정도 받았습니다. 죽음을 생각하며 눈물로 하루하루를 정리하는데, 어느 날 TV 조선에서 미스터트롯을 만났습니다. 하늘나라에서 돌아오지 못하는, 제 아들을 보는 듯 7명의 노래는 제게 큰 위로와 기쁨이었죠. 저는 아들에게 글을 쓰듯, 노래 가사와 시의 형식을 빌려 미스터트롯 7명에게 편지를 썼습니다. 그대들에게 선물로 보내고 싶어서요.

2020년 6월

이향영(미국명 : 리사리)

* 저는 이중국적자로서 두 가지 이름을 사용함을 양해해 주시기 바랍니다.

차례

★ 찬원에게

★ 호중에게

★ 동원에게

★ 민호에게

★ 희재에게

영웅에게

마마 앤 그랜드마

사랑하는 나의 마마
저를 이 세상에 태어나게 하셨고
사랑하는 우리 그랜드마
애지중지 저를 키워주셨네

파도치는 험한 세상에
든든한 가장되신 나의 마마
아빠 없는 우리 손주
행여나 기죽을까 봐
알뜰살뜰 정성으로
예의 바르게 착하게
저를 키워주셨네
우리 그랜드마!

성공하여 1억짜리 통장
마마에게 선물하는 것이
간절한 꿈이었는데
그 꿈 이루려고
매일 그 숫자로 적었던
일기장 꿈이 현실이 되어
나는 울었네, 감사해서 울었네!

마마 그리고 그랜드마
당신의 그 크신 희생
잊지 않고 사랑할게요
두고두고 그 사랑 기억할게요
사랑해요 나의 마마
사랑해요 우리 그랜드마

홀로 사랑

전화를 걸고 또 걸고
히어로가 된 그대에게
천 번을 불러도 그대는
그대는 대답이 없네요!

히어로를 좋아하는 건
순전 짝사랑이랍니다!
그래서 혼자 좋아하고
홀로 그대를 사랑하리라

짝사랑이 최고죠
질투가 일어나지 않고
시기도 없고요
상처도 받지 않고요

그대 사랑 그대 마음
받지 않아도 좋아요
그래서 더 좋은
홀로 사랑을 하리라

나 혼자서
그대를 좋아해도

나는, 나는 좋아요

감성 장인 영웅시대에
같은 하늘 아래
살고 있는 것만으로
얼마나 감사한 지
말로는 표현할 수 없네요

짝사랑한다고
짝사랑한다고 말하면
내 사랑 사라질까 봐

두려워서 말 못해요
내 사랑 사라질까 봐
무서워서 말 못해요

나 홀로 몰래몰래
비밀에 기대어
은밀에 기대어
그대를 사랑하리라
혼자서 사랑하리라

감성 장인 영웅 된 그대

웅이, 웅이 영웅이
이 땅에 임해서
히어로, 영웅으로
탄생한 진정한 그대

엄마 할매 가워 소리
슬픈 멜로디
슬픈 가사가
귓가에 맴도는 노랫가락
세상을 울리고 울려
그 장단 맞추어
트롯을 부르며 자랐네!

목에 피가 터지고
가슴에 모래가
돋아나고 쌓였지만

이젠 매끄러운
향기가 흐르는 비단길
무슨 노래든 곱게
은은하게 나오는

천금보다 귀한 감성 장인 된
그대 목소리

대한민국이 손뼉 장단으로
응원하는 우리의 영웅
히어로 되어 돌아 온 그대
하늘이 만들어 준 히어로
우리가 만들어 준 영웅
우리의 그대~ 그대는
영원한 히어로
화려하게 꽃피는 시대
찬란하게 꽃피는 그대

꽃나무 그대

부동자세의 꽃나무
뿜어내는 내면의 저 소리
내 영혼을 울려주네

나무가 안으로 괴로움을
고통을 억제하고
은밀히, 은밀히
꽃으로 피워 내는 사랑

아름답고 화려한 외양 안에
숨어 있는 슬픈 외로움
단단한 흙을 뚫고
목마름을 견디고 인내한 결실

찬란한 꽃나무 그대
나무가 부르는 꽃잎 목소리
나무가 부르는 비단 목소리

그대만이 꽃나무가 되고
그대만이 비단나무가 되고
그대만이 부를 수 있는
꽃의 감성 꽃의 스토리

꽃은 사람을 기쁘게 해주려
이 세상에 존재한다는 것을
꽃은 사람을 행복하게 해주려
이 세상에 태어났다는 것을

꽃을 사랑하듯
그대를 사랑하고
꽃을 사랑하듯
그대를 존중해요

부동자세의 꽃나무가
뿜어내는 내면의 저~
우렁차고 감성 담긴 목소리

내 영혼을 울려주네
내 영혼을 치유해주네
꽃나무 그대여~
꽃나무 사랑아~
사랑으로 머물러 다오

여심 저격 트로트

몰랐네, 정말 몰랐다네
트롯이 사람 감정을
들었다 놓았다 하는 것을
나는 찐, 찐하게 몰랐네!

그대들은 끼쟁이
도대체 어디 숨어 있다가
이제야 나타났는가?
아무려면 어때
만능 재주꾼 그대들
우리를 위해 노래 불러주네

신나는 트롯, 트로트
콧물 눈물 찡하게 하는
파워풀한 그대들의 노래
세상을 흔드는 그대들의 춤
애절한 그대들의 노래
웃을 일 없는 세상에
큰 웃음 큰 기쁜 웃음 선물하네!

여자의 마음 훔쳐간 트롯

여자의 마음 뺏어간 트롯
목요일은 잠까지 훔쳐가네

잠을 못자도 좋을 그대
그대 덕분에 마음이 치유되는
스트레스를 날리네, 날려버리네
저~바다 저~하늘 멀리, 멀리~

My Darling

히어로가 된 그대
오늘도 전화를 걸어요
Oh My Darling

피아노 연주 소리만 울리고
받지 않는 그대 전화
나는 이제 지쳤어
나는, 나는 정말 지쳤어

전화 연결 로또 당첨보다 더
힘이 드는 사랑의 콜센터
전화연결 하늘의 별따기보다
더 어려운 사랑의 콜센터
TV조선 콜센터

그대는 가슴 졸이며
우리 전화 기다리는데
그대는 초조하게
우리 전화 기다리는데
내가 거는 전화 왜 이리
연결이 안 될꼬~

To you~ my darling
To you~ my darling
Good night my sweety

잘 자요 내 사랑
잘 자요 My baby

내일 다시 전화 걸게요
그대가 먼저 걸어 줄래요
그대가 먼저, 먼저
전화주면 좋겠네요!

No~ No~ No~
I will call you
Oh My darling
I do love you
I do miss you
I will see you
tomorrow, tomorrow~

미스터트롯 브랜드

다음 세대로 이어질
미스터트롯, 브랜드가 된 히어로
그대 목소리
침묵 속에 솟구치는 절규

20대도 정통 트롯에
매력 느끼게 해주고 싶고
좋아하는 영향을
끼치게 해주고 싶은

트롯을 후세에
전 세계에 널리 널리
알리고 싶다는 그대

목숨 건 그대 노래
그대의 트로트 사랑
뮤지컬 배우도 되고픈 그대
브로드웨이까지 진출해서

온 세상이 오페라보다 더
온 세상이 K-팝보다 더

사랑해서 유명 브랜드 된
미스터트롯 브랜딩!

그대 사랑 그대 노래
대한민국의 정통 트로트
모두가 사랑해~ 사랑을 해요
미스터트롯 브랜드를
미스터트롯 브랜딩을

미국서 영웅 찾는 전화

캘리포니아
오렌지카운티
제니퍼 김이
새벽 2시 반에
사랑의 콜센터에 건 전화
2,000통, 800통
걸고 또 걸어
인내와 정성으로
연결된 사랑의 전화

미스터트롯 영웅 찾는
마력의 감성 장인 그대

피아노를 치는 그대 모습
기타를 치는 그대 사랑

매력이 절정인 그대에게
홀랑 반해서 숨이
멈출 것 같은 순간들

여자에게 문 열어 주는
여자에게 의자 빼주는

아름다운 매너에 반해
가슴 설레는 그녀들

그 사랑 변함없이
파도로 출렁여
쉬지 않고 넘쳐나는

사랑의 불길
잡을 수가 없네
캘리포니아에서
밤새워 전화 거는 불길
제니퍼 김에게 번져서
히어로에게 번졌네!

그대 매력에 빠져
그대 매너에 빠져

가슴이 춤을 추네요!
그대 안고 춤을 추어요!

빈손이 든든한 그대

빈손이 가벼워 부담 없는
그래서 더 좋은 그대 사랑

그대 마음
그대 온몸이
재산보다 더 든든한 그대

천하보다 귀한 목숨
천하보다 귀한 영혼
그대만 있으면 든든한
우리 사랑 영웅시대

그대는 하늘 지붕이 되고
나는 그대 손 울타리 되어
그대를 지켜 주리라
영웅시대를 지키리라

평상에 누워, 우리 같이 누워
밤하늘의 별을 바라보며

우리 영혼 나비 날개 달고

환한 빛의 밤하늘 여행하리라

온 우주를 트롯 물들이리라
라~ 라~ 라라~ 라라~ 라라라~

빈손이 가벼워 부담 없는 그대
그래서 더 좋은 그대 사랑

나는, 나는 빈손을 사랑하리라
그대를 사랑하며 지키리라
그대를 보호하고 사랑하리라

P.S.
제주도 '바다사슴'이 아들 잃고, 웅이가 아들 닮아서 한 어머니의 전화에 "어머니 사랑해요, 아들이 되어 드릴게요." 그대의 그 말이 꼭 저에게 하는 말처럼 들렸답니다. 그대들과 함께 저도 그날 많이 울었답니다. 고맙고 감사해요. 모두가 우리 아들 같아 그대들에게 편지를 써서 보냅니다.

영탁에게

햇살 웃음

영탁아, 탁아~ 탁아~
그대 웃음 따라~ 웃고
그대 노래 따라 부르며 웃네!

그대 얼굴
해바라기꽃이 되고
나의 얼굴도
해바라기꽃이 되네!

영탁아, 탁아~ 탁아~
그대 잘생긴 태양 웃음
내게 커다란 선물이 되고
사회의 우울증 치유가 일어나는
세상의 어두운 곳
그대 웃음 참 빛이 되네요

탁아~ 탁아 영탁아~
웃음보따리 보물보따리
기쁨 뿌리고
행복 뿌리는 우리 탁아

박수치며 따라 부르는
그대 힘 있는 노래에
기쁨이 밀려드네!
그대 우렁찬 노래에
행복이 밀려오네!

고맙고 감사한 그대
우리가 사랑하리라
그대를 사랑하고
더 많이 사랑하리라

그대의 햇살 웃음
온 세상에 빛으로 환하네!

그대만을 사랑하리라
찐, 찐으로 사랑하리라
영탁만을 사랑하리라

진짜 좋은 그대

사람들이 내게 물었지
찐, 찐, 찐, 찐이 뭐냐고?
탁, 탁, 탁, 영탁이가 찐이지
최고가 진짜로 좋다는 뜻이지

그대 향한 세상 사랑
찬란한 햇살 사랑
산다는 것, 사랑하는 것이지

그대 눈빛 사랑 눈빛
쏟아지는 별빛처럼 황홀해
줌바를 추며 그대 노래
찐하게 따라 부르네요!

하늘은 그대 노래 들으며
천지에 아지랑이 미소 출렁출렁
땅도 그대 노래 들으며
천지에 피어나는 웃음 꽃밭 되네!

하늘을 머리에 이고
살아가는 우리
하늘이 싱글벙글

파란 웃음 선물하네!

땅을 밟고
발이 매일 땅에게 키스하며
살아가는
우리에게 바닥이 선물하네!
꽃향기로
웃으며 박수치라 하네
꽃향기로
웃으며 노래하라 하네

그대 향한 세상 사랑
달콤새콤 지구별 사랑

산다는 것
사랑하는 것이지
산다는 것
사랑 받는 것이지

사랑만이 살아가는
보람이고 가치인 것을
영탁 사랑이 찐이지~

우짜라고요

지식이 없는데 우짜라고요?
지혜가 없는데 우짜라고요?
키가 작은데 우짜라고요?
대머리 맨들인데 우짜라고요?

머니가 없는데 우짜라고요?
직장이 없는데 우짜라고요?
부모가 없는데 우짜라고요?
자식이 없는데 우짜라고요?

그래도 좋아, 좋아요
그대는, 나를 존중하니까요
그래서 좋아, 좋아요
그대는, 나를 사랑하니까요
그래서 좋아, 좋아요
그대는, 나를 응원하니까요
그래서 더 좋아, 좋아요

그대에겐 내가 있어요
그대에겐 우리가 있어요
그대가 있어
살맛나는 세상이죠

그대 위해
다시 용기 내리라
그대 위해
다시 일어나리라
그대가 나의 힘이지요!

우짜라고요?
즐기면 되리라
꿈꾸면 되리라
사랑하면 되리라
만사형통하리라

왜, 외로운가요?

외로움이
무서운 병이라지요?
영국에선 정부 차원에서
외로움을 담당하는 장관이 있대요
우린, 나라에 의지 말고
그 외로움 스스로 배척해요
그깟 외로움 멀리할 수 있어요

나의 외로움은 나를 키우지요
나의 신념이 나를 성장시키지요
외로움은 완전 허상이지요
그깟 외로움 날려버리면 되지요

어떻게요?
나는 그대와 노래를 부르지요
나는 그대와 춤을 추지요
나는 그대랑 책을 읽지요
나는 그대랑 영화를 보지요
나는 그대와 부지런히 걷지요

들판으로 나가
꽃과 대화를 해요

바닷가로 가서
파도와 속삭여요
밤하늘 별들과
사랑을 하지요

나는 외로울
시간이 없어요
나는 괴로울
시간이 없어요

외로움이
그대를 키우는데
괴로움이
그대를 성장시키는데

나는 외로울
시간이 없네요
나는 사랑할
시간밖에 없네요

사랑하며 살래요
그대 위해 살래요

미안해 마세요, Mam

엄마~ 엄마 울 엄마
아들 위해
당신이 존중하던
종교와 친구들
모두 뒤로 했지요

엄마~ 엄마 울 엄마
어느 유학생은 캘리포니아
주립대학 경영학과를
수석으로 졸업하고도
무속인 법당을 차렸대요

대접받고 싶은 조상 영가
몸을 괴롭혀
건강을 잃게 되어
기독교, 불교 신으로도
감당이 안 돼
무속 법당을 차렸데요

사랑하는 조상 영가
꿈마다 찾아오는 조상 영가
선택한 자녀와 살고픈
우리의 조상님!

엄마~ 엄마 울 엄마
저를 위해
조상 영가 모셨지요

미안해 마세요, Mam

위대한 우리 엄마
엄마 덕분에
저는 행복해요
엄마 덕분에
저는 건강해요

고마워요 우리 엄마
사랑해요 우리 엄마
감사해요 우리 엄마

미안해 마세요, Mam

엄마 덕분에 행복해요
엄마 덕분에 건강해요
우리 엄마 위대한 엄마
늘 사랑해요 울 엄마~

웃음으로 지운 눈물

꿈에도 잊을 수 없는
지난 4월
성모병원에서
우울증 판정 받고
내과병원에서
암 판정 결과 받고

언제 떠나도
홀가분한 인생인데
시도 때도 없이
눈물이 흐를 때

태양처럼 터지는
그대 웃음의 노래
환한 얼굴을 보며
나도 따라 웃었네요!

웃음은 치유
웃음은 최고의 사랑

세상에서 가장 귀한 것
환하게 익은 달빛 미소

무의식에서 올라오는
꽃망울 터지는 웃음

빵빵빵 스프링처럼
솟구쳐 오르는
태양 웃음 그대 웃음

그대 웃음소리
그 웃음
그 미소
그 노래
나를 낫게 하네!
나를 치유해 주네!

웃음으로 지운 눈물
웃음으로 살아갈
고마운 이유를

그대를 위해 살아가리라
사랑으로 사랑하리라
찐하게 그대를 사랑하리라

My Mama and Daddy

언제나 나를 위해
언제나 나를 생각하며
눈물 기도 바치는 우리 엄마
속으로 걱정 기도
바치는 우리 아빠

10년 삼천육백오십 일
비가 오나 바람이 부나
새벽기도로 존재하신
조상신을 섬기는 우리 엄마
안으로만 사랑 키우신
존경하는 우리 아빠

Oh~ 천지신명이시여!
어찌하면 부모님 희생을
갚을 수 있나요

Oh~ 천지신명이시여!
어찌하면 부모님 사랑
갚을 수 있나요

당신 없이
내가 없고
당신 없이
내가 무슨 소용이오
당신을 의지합니다

사랑하는 우리 엄마 아빠
당신을 사랑합니다
존경하는 우리 아빠 엄마
사랑하고 사랑합니다!

사랑 덩어리 우리 부모님 인생
이 자식이 응원합니다
이 자식이 사랑합니다
이 자식이 언덕입니다

그대여, 그 웃음 간직해줘요

열정이 생산하는
장미꽃 웃음
그 웃음에
반해버린 우리들

우리도 그대 위해
장미가 되리라
우리도 그대 위해
웃음꽃 되리라

웃음은 태양이요
웃음은 푸른 숲이요
웃음은 잔잔한 호수네요

그렇게, 그렇게
그대 웃음은
세상을 즐겁게 하고
그대 웃음에
내 웃음 절정을 이루네요!

열정이 생산하는
장미꽃 웃음

그 웃음에 그 노래에
완전 반해버린 우리들

우리도 그대 위해
장미가 되리라
우리도 그대 위해
웃음꽃 되리라

Oh~ 그대여!
그 웃음 잃지 말아줘
Oh~ 그대여!
그 웃음 간직해 줘요

그대를 아껴요
그대만을 사랑해요

나를 살린 그대 노래

그대 목소리
천둥 같은 그대 목소리
반해버린 내 운명
그대에게 반한 내 사랑

그대 노래에
울고 웃는 운명
오늘도 살아있는
축복의 강복 누리며
황홀한 감사 고마워요

그대 위해
그림을 그리고
그대 위해
소설을 쓰고
그대 위해
영혼으로 시를 쓰네!

아~ 아~ 우리 인연
하늘이 축복하네, 온
우주가 행복 노래 부르네!

그대 부르는 노래 들으면
내 삶이 넘실넘실
춤을 추고 내 호흡이
기쁨을 방출하네

조영수 심사위원이
그대 노래 들으며
"소름 돋았다"는 묘사
사실이고 으뜸이네요

그대 목소리
스트레스 날리는 목소리
나를 살린 노래
신나는 그대 노래

미장원에 가면
나의 헤어드레스에게
영탁 노래 들려줘요, 라고
신청한다네!

미장원 식구들 모두 모두
놀려도 나는 상관없네요!

천지에 울려 퍼지는
생명 살리는 노래
천지를 아름답게 색칠하는

그대의 춤과 그대 노래
사랑 않고 못 견디는
그대를 사랑하리라
그대를 사랑하리라

찬원에게

젊은 이상

찬 찬 찬원아~
네 푸른 목소리

하늘에 울창한 숲을 가꾸듯
에너지 풀어 선물하는
찬 찬 찬원아~

젊음은
두려울 게 없는 거야
젊음은
무서울 게 없는 거야

젊음은 그대 꿈이고
젊음은 그대 실력이고
젊음은 그대 자산이고

찬 찬 찬원아~
젊음에 날개 달고
훨훨 날거라
꿈을 넘고 이상을 넘어
날고 싶은 곳까지 날아라!
날고 싶을 때까지 날거라!

찬 찬 찬원아~
그대의 끈기를
그대의 인내를
그대의 열정을

그대를 존중하고 응원하리라
그대를 아끼고 사랑하리라

우리 찬원 최고야
우리 찬원 찐이야

박수가 절로 노래로
춤추는 엄지 척
엄지 척으로 사랑하리라

독설 날리지 말길요

불쌍한 남자 한국 남자들
새벽부터 밤늦게까지
일에 치이고, 경쟁에 치이고
집에 가면, 독설에 치이고

가정을 지킨다는 것
사랑을 지킨다는 것
힘들고 어렵다는 것
지치고 슬프다는 것

지쳐도 좋아
가족이 좋아
책임감은 세계에서
으뜸인 한국 남자

누울 가정 있어 좋고
가족 사랑 좋고, 좋아서
위안되고
살맛나는 한국 남자

살다 보면 생기는 계단
고맙게 생각하고
그 계단 올라가리라

한 계단, 한 계단
천천히 올라가리라
감사하게 생각하며
차근차근 올라가리라

가족에게 독설
날리면 안돼요
가족에게 독설
절대로 날리면 안돼요

가족은 사랑이니까요
가족은 소중한 존재니까요
사랑하며 살아가야 해요
사랑하며 돌봐줘야 해요
사랑하는 가족이니까요

시간이 해결

그 사람 먼저 떠나고
아이들 모두 떠나고
아무도 없어 외롭네!

그래도 나는 살고파라
그대에겐 내일이 있잖니

모든 것은 시간이
해결하라지
그래서 살고픈 희망이지

내일에 나는 만났네
새 사랑, 그는 사랑남
그 사람 애들, 내 아이들
그대 인생 사랑이 싹텄네!

시간은 흐르지 않는다*
행복은 흐르지 않는다

호수처럼 고인 내 행복
꽃잎이 춤을 추네요!
사랑이 춤을 추네요!

그대가 있어
좋은 세상이지요
그대를 사랑해서
좋은 인생이지요

모든 것은
시간이 정답이리라
사랑만이 정답이리라

* 『시간은 흐르지 않는다』의 저자 : 카를로 로벨리

별빛 에스프리

행복 빛이 쏟아지리라
별빛이 세상을
은은히 비추듯
달빛이 세상을
부드럽게 감싸 안듯

태양이 우릴 위해 존재하듯

찬찬, 찬이 춤과 노래로
코로나19를 기쁨으로 즐기리라

심사위원 탁월한 이성으로
찬찬, 찬이
힘찬 목소리 듣게 해준
온 국민의 위로가 되는
저~ 우렁찬 노래와 춤사위

찬찬, 찬이 가슴 안으로
내 영혼 스며들어
죽고 또 죽어도 좋을

아이스크림 속으로 녹아들고
초콜릿 속 같은 그대 영혼

내 영혼 속으로 녹아지리라

내 영혼 그대 꿈속으로
나비되어 날아오르리라

내 영혼 그대 꿈속으로
무지개 되어 황홀하리라
별빛 속으로 날아오르리라

이래서 사랑은 빛인가요
이래서 사랑은 달콤한가요
그대로 인해 부풀어 오르는
이 가슴 빛으로
빛으로 터질 것 같은

내 사랑에 날개가 자라리라
내 사랑에 꿀 열매가 달리리라
그대로 인해서
갓또배기 덕분에
삶에 조롱조롱 달리는
Oh 이 행복
Oh 이 사랑

Uncontact 시대

찬, 찬, 찬원아!
붙으면 안돼요, 안돼~
붙으면 꽃잎으로 사라지고
떨어지면 청정한
나무처럼 자라리라

지금은 시대가 체인지 됐잖니
언컨택트 시대잖니

떨어지면 더욱 더
그리운 사랑 내 사랑
딱딱 붙어 지내면
좋아하는 바이러스

우리는 언컨택트 시대
질서 지키며 살아야 하리라

아름다운 우리나라
참 좋은 대한민국에서
바이러스 시대라도
우리는 헤쳐나 갈 수 있네요

단결이 잘 되고
약속을 잘 지키는
우리나라 대한민국
장한 나라 대한민국

우리는 세계의 리더가 되리라
우리는 세계의 롤 모델이 되리라
언컨택트 질서 잘 지키면서
언컨택트 질서 잘 이기면서

그대 위해 힘이 튀어 오르는
그대 위해
사랑으로 응원하리라
언컨택트 시대를
그대 위해
사랑으로 사랑하리라

원 없이 잘 될 거다*

대구의 트로트 신동 이찬원~
초등학생이 부르는 노래라고요?

믿을 수 없이 너무 잘 부르는
구수한 창법 찬또배기

나도 청춘 그대도 청준
MC. 송해와 함께 부르는
그 노래
말과 노래와 춤을
잘 맞추는 그대
그대는 아이 어른
어른 아이라네

전국 노래자랑
가요무대를 보며
트로트를 키워온
신동 이찬원

못 부르는 가요가 없는
저~ 힘찬 목소리

꿈속의 사랑
짝사랑
청춘 고백

트로트 인생길
변함없는 외길 인생
그대 인생 그대 사랑
오직 트로트
영원히 함께 갈 미스터트롯
그대 사랑아~

트로트를 사랑하는
내 여인아 어디에
나와 트로트 사랑해줄
내 여인아 어디에
라라라~ 라라~
내가, 내가~
더 많이 사랑해주리라
그대를, 그대를 변함없이
더 많이 사랑해 주리라

* MC. 송해 선생님이 전국노래자랑에 출연한, 초등학생 이찬원 군에게 해준 예언.

외길 인생 25년

한길만 쭈~ 욱 가면 되리라
옆길 안 보고
뒤돌아보는 일 없이
직진만 하면 잘 되리라
직진만 하면 이루리라
당당히 이루고 이루리라

무엇이든
그대가 원하는 대로
사람은 그대를 배신 때려도
외길은 그대를 지켜 주리라
외길은 그대를 이겨 내리라
외길 끝에 기다려 주는 성공

입이 떠억 벌어지도록 얼~쑤
잠재의식이 내 지르는 저 소리
잠재의식이 내 지르는 저 노래
듣는 사람 가슴이 뻥뻥 뚫리는
그대의 노래 그대의 사랑

외길 인생 25년 즐기면
트로트 신의 길이 열리네요

내 영혼의 길도
뜨겁게 열리네요
외길 인생 25년 즐기면
트로트 신이 되는
그 길이 빛나고 있네요

박수가 키워가는 노래
박수로 응원하리라 그대를
박수로 사랑주리라 그대에게

다른 팬덤 못 되겠네

모두의 팬덤 되고 싶었네!
미스터 트롯 별 왕자들
미스터 트롯 별 프린스들

하나하나 독득한 캐릭터
모두의 팬덤 되고 싶었네!

영웅이 팬덤 되고 싶었고
영탁이 팬덤 되고 싶었고
찬원이 팬덤 되고 싶었고
호중이 팬덤 되고 싶었고
동원이 팬덤 되고 싶었고
민호의 팬덤 되고 싶었고
희재의 팬덤 되고 싶었고

모두의 팬덤 되고 싶었네
이젠, 이젠 아니야 난 아냐

내 마음 속 깊은 곳에
나만이 간직하고 싶어라
비밀 하나 고이~
고이 그대만을

영원히 간직하고 싶어라!
영원히 사랑하고 싶어라!

청국장 에스프리

마치 청국장이 끓어오르듯
정말 구수하고 구수하다~아

MC 김성주의 목이 끄덕끄덕
붐의 온몸이 물결 춤이 되고
심사석이 관객석이 되어
들썩들썩 즐거운 웃음소리

트롯 아우토반처럼 질주하는
지를 듯 말 듯 현란한 밀당
꺾어가는 고갯길 오르내리는
진또배기~ 찬또배기~

구성진 목청 달인 진또배기
구성진 목청 달인 찬또배기

마치 청국장이 끓어오르듯
정말 구수하고 구수하다~아~

그대에게 내 마음 열렸네요
그대에게 내 사랑 열렸네요
그대 따라다니는 내 영혼~
내 영혼 잡을 길 없으리라

호중에게

울산 아들

호중아~ 호중아~
우리들의 자랑인
사랑하는 울산 아들 호중아~

장생포 밍크 고래~고기
그대를, 그대를
우량아로 키웠는가?
하늘 높이 울려 퍼지는
저 우렁찬 목소리
울산 고래의 축복 노래

바다 건너 하늘 건너
그대 목소리 트롯 목소리
세계로 울려 퍼지네
지구로 울려 퍼지네

호중아~ 호중아~
우리들의 자랑인
사랑하는 울산 아들 호중아~

그대 목소리 끝으로
지워져 날아가는 내 슬픔이여

이제는 안녕~ 안녕~
슬픔이여 아픔이여 안녕히

이제부터 노래하며 살리라
이제부터 그대 위해 살리라
이제부터 사랑만 하며 살리라

우리 호중이 위해
발바닥에 땀이 나도록
손바닥에 불이 나도록
박수로 사랑 보내고
박수 치며 살아가리라

그대의 노래 들으며
그대를 사랑하는
희망으로 살아가리라

태화강가에서

그대~ 나의 그대~
그대가 그리워 이 강을 걸어요!
아름다운 태화강 대나무 숲길
우리의 추억이 그림이 된 이 길
사랑하는 나의 트바로티
나의 사랑하는 트바로티

그대의 음색에 반해
그대의 노래에 반해
백번도 더 듣는 '천상재회'를
이생에서 못 다한 인연
천상에서 다시 만나 사랑하리라
그리운 나의 트바로티
나의 보고픈 트바로티

그대가 그리워 이 강을 걸어요!
아름다운 태화강 대나무 숲길
우리의 추억이 소설이 된 이 길
우리의 지난 일이 시가 된 이 길
우리의 인연을 가슴에 담은 이 길

사랑하는 나의 트바로티~
나의 사랑하는 트바로티~

그대를 못 잊어 오늘도
내일도 이 길을 걸어요
태화강 언덕의 이 길을
그대 생각하며 걸어요

그대 환상 떠도는 이 길을
죽는 날까지 못 잊을 거야
아니, 죽어서도 못 잊을 거야
그대와의 추억을~

고래박물관에서

홀로 외로웠지
홀로 아파했지
울산 고래박물관
홀로 걷고 걸으며

고래처럼 힘 있게 외쳤지
다짐에 다짐을 하면서
공부를 하고
능력을 길렀지
누구도 나를
건드리지 못하게
고래처럼 싸워 이기려했네!

그때는 몰랐네
진정 몰랐었네
지는 것이 참 승리라는 걸
지는 마음이 훨씬 가볍다는 걸
지는 길 위에 꽃이 핀다는 걸
지는 길 위에 사랑이 열린다는 걸

바다를 바라보며
고래박물관 홀로 걸어도

외롭지 않은
사랑 열매 가졌네!

지는 길 위에
꽃이 핀다는 철학
나는 배웠네
스승님께 배웠네!
나의 사랑하는
나의 스승님께 배웠네!

스승님 사랑은
물 같은 사랑이었네
스승님 사랑은
불같은 사랑이었네

이제는 내가 당신을 사랑하리라
이제는 내가 당신을 안아주리라

모노레일 타고

울산 매암동 장생포에서
모노레일 타고 우리들
고등학교 시절 생각하네
단발머리 수줍던 나를 생각하네
무뚝뚝이 호중이 너를 생각하네

그래 보내줄게~ 보내줄게
남자 앞길 막는 그런 여자
나는, 나는 아니데이~
너를 보내줄게 기다려줄게

기다리지 마라
기다리지 말거레이

"와카노? 와카는데?"
"나는 학교 졸업하면 군대 가야해"

남자답고 책임감 있고
속정이 깊은 무뚝뚝이
나의 호중아!
그래, 그래 네 소원대로
깨끗이 보내줄게 잊지는 않을게

잊으라는 말은 하지 말거래이
잊고 안 잊는 건
나만의 보물이니까

호중아 뚝심장이 호중아
성공해서 잘 살아다오

우리들 추억이 아름답게
우리들 추억이 영원하게

트바로티

런던 테이트 모던 미술관에서
한 그림 안에 동양화와 회화를
감상하는 느낌을 상상해 봅니다!

잘 어울리지 않을 것 같으나
잘 어울리는 천재적 그림 탄생
그렇게 그대는
예술을 만들어 가는
위대한 예술을 표준화시키는

이 시대 으뜸가는 트바로티
문명을 창작하는 트바로티

하늘의 기운 땅의 기운을
움직이는 천재적 목소리

새로운 아름다움으로
타인에게 위안과 행복을 주는

그대는 위대한 트바로티
그대는 사랑의 트바로티

그대 곁에
사랑으로 있으리라
그대 곁에
사랑으로 기억하리라
그대 안에
모정으로 남으리라

이젠 감사해요

철없던 그 시절
얼마나 원망했던가

부모님 원망
스승님 불만

때리면 맞고
버리면 버려진 인생
길고양이 같았던 지난날

나~ 이렇게 화려하게
꽃피우려고 그렇게~
그렇게 아프고 슬펐던가?

이젠 알겠네요!
부모님이 주신 좋은 유전자
천금보다 귀중한 이 목소리
감사하고 또 감사한 목소리

음악의 보석 밭 걷게 해주신
길을 닦아주신 스승님 은혜

이젠 알겠네요, 이젠 알아요!
얼마나 고마운지
얼마나 감사한지

사랑해요 보고파요
낳아 주신 우리 부모님
키워 주신 우리 할머님
가르쳐 주신 우리 스승님
보고파요 사랑해요
사랑해요 보고 싶어요!

신의 선물

사람은 누구나
다~ 아 가질 수는 없는 거야
신이 우릴 이 세상에 보낼 때
부족 한 걸 담아 보내겠지

그래야 필요한 것들
채워가며 살아가는 거지
그래야만 사는 재미가 있지
부족해야 채워지는 걸 알지

신이 내게 준 선물은
건강한 육체에
건강한 정신이야
그리고 여린 사랑이지

사랑이란 이름의 그대
내 품으로 들어와 주오
사랑이란 이름의 그대
내 가슴에 안겨 주오

신이 내게 준 선물들
몽땅 다~아

그대에게 주고 싶어
몽땅 다~아
그대에게 모두 주고 싶어

내 사랑 전부
다~아 주고 싶어
그대여 망설이지 말고
주저하지 말고 와다오

Oh~ 뛰어 와다오
Oh~ 달려 와다오
아니, 아니 날아 와다오

팬덤 사랑으로

사랑, 사랑~
그 많은 사랑 중에
가장 질투 많은 사랑은
팬덤 사랑이래요

수만 명의 팬들이 그대를
사랑만으로 사랑해요!

사랑, 사랑~
수많은 사랑 중에
가장 열정적인 사랑은
팬덤 사랑이래요
수만 명의 팬들이 그대를
응원으로 사랑해요!

룰루르 루르~ 룰루르 루르~
그대는 변치 않는 우리 사랑
우리는 변치 않는 그대 사랑

변치 않는 사랑의 힘으로
변치 않는 단결의 힘으로

그대를 지키며 사랑하리라
호중이 지키며 사랑하리라

호중이가 최고라서
호중이 노래가 최고라서
사랑할 수밖에 없으리라

아주 오래도록
영원히 사랑하리라
호중이 살아 있는 한
아니, 아니 그 후까지도
사랑으로 사랑하리라~

불도저 사랑

그래 올 테면 와라
고통이여 슬픔이여
모진 비바람
파도가 몰아쳐도
나는 이겨낼 수 있으리라

근육으로 다져진 인생
겁날 것이 뭐있겠는가
불도저 사랑으로
뜨겁게, 뜨겁게 안아주리라
그대여! 내 사랑아~
내 사랑 그대여!

추운 겨울 폭설이
산사태로 무너져도
뚝심으로 다져진 인생
겁날 것이 뭐있겠는가

불도저 사랑으로
뜨겁게, 뜨겁게 안아주리라
그대여! 내 사랑아~
내 사랑 그대여!

동원에게

국민 아들

원아, 원아, 동원아
사랑하는 우리 동원아

가녀린 네 가슴에
슬픈 강이 흐르고 흘러
일찍부터 상처를 배워

아픔을 견디는
에너지가 모여
구성진 너의 노래
나를 울리고 울렸네

하늘을 열어 저 창공으로
오르며 퍼지는
우리 동원의 노래 소리

강물은 흐르고 흘러
리듬이 되고 음악이 되네
은하는 흐르고 흘러
시가 되고 노래가 되네

원아, 원아, 동원아
사랑하는 우리 동원아

씩씩하게 자라다오
건강하게 자라다오
국민을 울고 웃기는
우리의 튼튼한
아들이 되어다오
우리의 든든한
자랑이 되어다오

원아, 원아, 동원아
사랑하는 우리 동원아~

구성지게 잘 부르는 노래
춤도 잘 추고
색소폰도 잘 부르고
말도 잘 하는
우리 동원이
최고 중에 최고네요

사랑해요, 사랑해요
그대를, 그대를
시처럼 사랑해요
트롯으로 사랑해요

Oh 그릿, 열정

열네 살에
빛으로 불어 온
동원의 계절
Oh~ 찬란한 계절
봄에 피는
화려한 꽃처럼
바쁘게, 바쁘게 피어
그대 정원에 가득 피었네

친구들과 노는 시간
줄이고 줄여서
쏟아지고 졸리는
잠의 시간 아껴서
그릿으로 오직
그릿으로 다져진
열정과 끈기의 노력은
Oh~ 그릿이 준 선물

꽃망울 터지는
열광의 저 소리
국민 엄마들
응원의 박수소리

슬픔과 눈물로
키워 온 노래
서러움과 외로움으로
가꾸어 온 노래

우리 동원이
꽃처럼 웃음을 주네
우리 동원이
빛처럼 행복을 주네
우리 동원이
물처럼 사랑을 주네

Oh 넛지, 색소폰

엄마 뱃속에서
선택 받고
할아버지 따라
결정한 노래

색소폰으로
생각 근육 튼튼히
색소폰으로
마음 근육 튼튼히
색소폰으로
마음 결단하고
몸 근육 튼튼히 키웠지

그리운 엄마가 되어준
그대의 친구 색소폰
그리운 할배가 되어준
그대의 놀잇감 색소폰

색소폰 소리는
그리움을 키워주고
그대의 심장을 뚫고

하늘로 올라가는
저 천둥 같은 소리
사랑을 외치네

하늘로 울려 퍼지는
그대의 색소폰 사랑
천지에 울려 퍼지는
그대의 트롯 사랑

할아버지 하늘 미소
흰 눈으로 쌓여가네
보고 싶은 할배 사랑

그리움으로 쌓이네!
보고픔으로 쌓이네!
할아버지~ 할아버지~
사랑하는 우리 할아버지~
보고 싶어요
보고 싶어요

Oh Habit, 노래 습관

타고난 음악 예술
좋아서 하는 노래

잠재의식이
Habit 씨앗 심어
자나 깨나 앉으나 걸으나
노래 연습 습관처럼 키웠네

때로는 물을 주고
때로는 영양분을 주고
쉴 새 없이 관심 가졌네
쉴 새 없이 해빗 만들었네

노래 따라
그대는 자라고
노래 따라
그대는 성숙했네!

앉으나 걸으나
언제나 부르는 트롯 사랑
그대가 사랑하는 트롯

이젠 찐한 해빗이 되었네
Habit이 그대를
스타로 만들었네!

밤하늘 푸르게
반짝이는 별처럼

그대 위해
뜨거운 사랑
퍼부어주리
그대를 사랑하며
박수로 응원하리라
우리 동원이~

참 좋은 파트너

민호 아재
멜빵 입은 바지
동원 조카
멜빵 입은 바지

바지와 나비넥타이
세트로 입은 모습 꼭
아들과 아빠 닮았네!

어른 조각, 아이 조각
두 조각이 자연스럽게
움직이는 형상
두 조각이 사랑스럽게
노래하는 모습

다정히 춤추며
노래하는 그대들
움직이는 두 조각은
아빠와 아들인가

오래도록
보고 싶은
참 좋은 파트너
그대와 그대여

영원히 보호하리라
영원히 사랑하리라

참 좋은 파트너 그대여
응원으로 사랑하리라
사랑으로 응원하리라
참 좋은 파트너여

마음의 여백

아무리 힘들어도
내 마음에
여백을 만들리라

그~ 여백에
푸른 나무를 심고
꽃을 심어
그대 머물게 하리라

나무가 자라서
그늘이 되면
그대 와서
시를 읊고
그대 와서
노래 부르게 하리라

나의 여백에
꽃이 피면
그대 와서
꽃과 대화하고
꽃처럼 곱게
살게 하리라

사랑 나의~
꽃 같은 사랑아
떠나지 말아다오
떠나지 말아다오

내 가슴 여백에
꽃방 만들어 주리라
내 가슴 여백에
사랑나무 심어 주리라

내 가슴 여백에
꽃향기 그윽한
그대 집 지어 주리라

트로트 신동

어린 그대
배고픔이 뭔 줄, 알아요?
보릿고개를
그대 어찌 알리요
보릿고개를
모르는 그대여

굽이굽이 구성진
그 노랫 길
굽이굽이 서러운
그 리듬 길
어찌 그리도
잘 돌아가는가
어찌 그리도
잘 넘어가는가

묻고 또 묻고 싶어지네요!

그대는 트로트 신동
팬들이 붙여준 그 이름
반짝이며 빛이 나네요
빛이 나며 반짝이네요

오래 오래 팬들과
사랑을 하리라
영원히, 사랑을 하리라

우리 모두 함께 하리라
우리 모두 사랑 하리라
우리 모두 만나리라
그날 그대를 만나리라

하동에 가고파라

그대 있는
그곳에 가고파라
파란 개울물 흐르는 그곳
동원이 있는 하동에 가리라

화개장터에
넘치는 인정 축제
편백 숲을 걸으며
들려오는 구성진
그대의 노래 가락
최 참판 댁 정원까지
들려오는 그대의 노래

스타웨이, 스카이워크
노래를 부르며
그대 손잡고
섬진강까지
걷고 걸으리라

그대 있는
그곳에 가고파라
파란 개울물 흐르는 그곳

그대 있는 하동에 가고파라
동원이 있는 하동에 가리라^^

팬클럽

화진에게 물었지
동원이 팬이냐고
고모, 고모~
동원이 팬 아닌
사람 있을까요

화진에게 팬클럽에
가입하라 했지
고모라는 이름의
권위와 명령으로
그녀는 대답했네!

옛날에 가입했다고
동원이 공연 있으면
같이 갈래요?
아니, 아니 우리 가족~
모두 함께 가요

화진이는 비혼주의자
그녀는 자녀가 없으니
동원에게 엄마 같은
연민의 정을 주고 있나?

아들 같은 동원이
슬픈 곡조로
부르는 노래
왜 이리도
가슴이 저려 오는지

원아~ 원아~ 동원아!
영탁이 형아처럼
신나는 노래
즐거운 노래
힐링송도
많이많이 불러줘요

우리 동원이부터
힐링해야 돼요
우리 동원이부터
건강해야 돼요
우리 동원이부터
먼저 사랑해야 돼요

우리 동원이
밝고 행복해야

팬들도 행복할 거야

우리 동원이
사랑하고 살면
팬들도 사랑할 거야
그렇게 사랑할 거야

동원아 사랑해요
그대여 응원해요

민호에게

멋진 주름

민아~ 민아~ 민호야!
부담스런 그대 모습
신이 은혜로 빚은
조각 같은 그대 얼굴

하늘 꽃 멋진 주름 있어
그 주름 사이로
투신하고 싶다는
어느 여인의 사랑 고백

나를 질투 나게 했지요
아니, 아니, 아니야
나를 시기의 화신 되게 했지요

민아~ 민아~ 민호야!
그 주름이 그대를
달콤하고 부드럽게 하지요
그 주름이 사랑을
종달새처럼 속삭이게 하지요

그대를 보고 있노라면

찬란한 별을 보는 듯
눈부신 달을 보는 듯

우리 마음 설레게 하고
나의 마음 콩닥이게 하지요

주름이 있어 더 멋진
민아~ 민아~ 민호야!
우리는 그대만을
죽도록 사랑할 거야
우리는 그대만을
영원히 사랑할 거야

그대 주름 사이에
투신할 거야
그대 주름 사이에
거처 마련할 거야

그대를 사랑하니까
그대를 찐 사랑하니까

Love Call

Love Call Center에
드물게 걸려오는 기다림
이젠 올까 말까 초조한 울림
다음 콜은 그 다음 콜은
찾을까 말까 불안한 심정

가슴을 태우는 전화 한 통
상처로 견디는 전화 한 통
그대 전화에 배고픈 가슴
그대 전화에 외로운 마음

조각에 감정이 없듯
너무 잘 생겨 부담이 되는
민호, 민호 장민호
민호, 민호 장민호

그대에게
전화 걸기 쉽지 않는
많고 많은 이유 중에
잘 생겨서 불편하다고
잘 생겨서 거북하다고

Love Call Center에
전화해야지
오늘은 전화해야지
민호 오빠
사랑하는 울 오빠에게
우리, 우리 전화해야지
오늘은 우리 모두 전화해야지

전화로 고백해야지
사랑한다고 고백해야지
내 사랑 그대뿐이라고
내 마음 전해줘야지

오직 그대뿐이라고
말해야지 알려줘야지
사랑하는 울 오빠에게
오늘은 전화해야지

피그말리온처럼

키프로 왕이 아프로디테
여신을 사랑하듯
피그말리온은
자신이 만든 조각에
생명을 불어 넣고 조각과
깊고 깊은 사랑에 빠졌죠

유피테르와 제우스처럼
자신이 최고인 줄 알고
자기에게 당당하세요, 오빠

전화 안 온다고 슬퍼 말고
전화 안 온다고 외로워 마세요
자격 있는 당신을 사랑해요
핸섬한 당신을 사랑해요

러브 콜센터에 전화 소리
빗발치는 저 소리
전화 소리 내게 없는 전화
그대 얼굴 조각 얼굴
너무 잘 생겨서
불안해서 대시 못할 뿐~

잘 생긴 남자는
늦복이 많대요
러브 어페어에 나오는
워렌 비티처럼
이제부터 행운의 여신 포르투나
그대위해 아름다운 여인 만나게
사랑의 콜 수없이 보내요

그대 운명 내 운명
티케 신이 도우리라
그대 행운 내 행운
포르투나가 도우리라

사랑해요 민호 오빠
그대를 사랑해요 민호 오빠
오빠와 드라이브해서
7번 국도를 달려서
바다 끝까지 가고 파요

목단과 동백처럼

아~ 아아~~
목단과 동백처럼
목숨 건 사랑하고 싶어
꽃잎으로 질 줄 모르고
온몸, 목숨까지 뚝~ 뚝~
아낌없이 던져주는 그대

그대 사랑 힘이 되어
하루, 하루 견디는 이 몸
아~ 아아~
그대 위해 살아가리라
사랑 위해 살아가리라

목단과 동백처럼
동백과 목단처럼

목숨 걸고
그대를 아끼리라
목숨 걸고
그대를 사랑하리라
사랑하리라 그대를

목단과 동백처럼
목숨 뚝뚝 다할 때까지
그대를 사랑하리라

자비

포항 황해사 부처님은
자비하셔서
트로트를 들으면서
참 잘 한다고
빙그레, 빙그레~
그저 웃고만 계시네요!

독수공방 부처님
당신도 외로워 기다렸나요?
당신을 위해서 찾아왔어요!

오늘은 종일 당신을 위해
당신을 위해서
노래를 부르리라

부처님, 황해사 부처님
자비를 베푸소서!
저희도 외로워, 외로워서
당신을 찾아 왔소이다!

황해사 부처님
저희들에게
자비를 베푸소서!
저희들에게
행운을 베푸소서!

아들이에요

언제나 잘 어울리는 우리~
보고 또 봐도 보고 싶은
삼촌 조카보다, 우린 부자 케미

아빠는 아들을 못 이기죠!
아빠보다 더 많이
함께하는 인연
찐 찐한 인연
서로 양념이 되는
동원은 아들
우리의 아들이죠!^^

아들은 커면 떠나죠
언제나 보낼 준비를 하죠
영재 아들 나만 데리고 있으면
안 되지요, 그러면 안 되지요

컬투쇼, 함께하는 이 시간
스몰 연극이고
스몰 뮤지컬이고
스몰 오페라이고
우리 부자의 신나는 시간

언제 어디서나
잘 어울리는 우리는
보고 또 봐도 보고 싶은
보고 있어도 또 보고 싶은

삼촌 조카보다
우린 아들과 아빠 케미
동원은 아들
우리의 아들이죠
사랑하는 우리의 아들이죠
동원아 사랑한다, 아빠가^^

물별꽃처럼

한해살이 들풀이 아닌
영원히 빛나는 물별꽃처럼
환하게 피어 있어 주세요
그대로 존재해 주세요

도시 한가운데 있는 호수~
호수 위에 밤하늘이 내려왔네요
별이 내려 와 꽃으로 피었네요
호수 위에 호수 안에
별꽃 가득히 피었네요

반짝이며 움직이는 꽃잎
그대 미소는 춤추는 꽃잎
찬란히 빛나는
늦게 핀 사랑꽃
황홀히 빛나는
늦게 핀 사랑꽃^^

그대는 물위에 핀 꽃
그대는 하늘에 핀 꽃
영원히 변치 않을 물별꽃

그대 사랑 기다린 세월
그대 사랑 이제야 왔네

물별꽃이 된 내 가슴에
물별꽃이 된 내 사랑아

그대 오길
기다리는 물별꽃
영원히 변치 않을
그대는 물별꽃^^

닮은 그대

생방송이 더 재미있다는
생방송이 더 즐겁다는데
어떻게 그렇게 닮았네요!

때로는 형제 같고
때로는 삼촌 조카요
때로는 아빠와 아들이네요
때로는 선배후배 같으네요
아니, 아니 친한 친구네요!

동원을 챙겨주는 그대
아들을 챙겨주는 그대
형제를 챙겨주는 그대
조카를 챙겨주는 그대
친구를 챙겨주는 그대
후배를 챙겨주는 그대

미남을 닮은 그대
착함을 닮은 그대
케니 정을 사랑하는 그대
하늘땅의 복을 받을 그대
우주의 사랑을 받을 그대

진실한 사랑이 그대에게로
착실한 사랑이 그대에게로
마구~마구 피어나는
사랑 계절이 뜨겁게 왔네요
그대 계절이 사랑으로 왔네요

떠나면 안 돼요

인생은 역전이래요
둘이라서 더 빛나는 인생
서로가 서로를
제발 떠나지 말아요

영재 후배 덕분에
반짝이는 그대
언제나 배려하고
돌봐주는 그대

그래서 더 아름다운 사람아
그대 사랑, 아가페 사랑

아름다운 사람아
영재 후배 떠나면 안 돼요
그대 팬덤 떠나지 말아요
우릴, 우리들 떠나지 말아요

아름다운 그대 내 사람아
아름다운 그대 내 사랑아

그대 사랑 되고파서
그대 사랑 안고파서

라~라~라~ 라~라라~
영원히, 영원히~

그대만을 꿈꾸리라
그대만을 사랑하리라

희재에게

해군 아재

아재, 아재 희재 아재~
해군 아재, 우리 희재 아재
세라 복장 노래하는 해군 아재
세라 복장 귀여운 희재 아재

트롯, 트롯 미스터트롯
무슨 복장이든 잘 어울리는
대한민국의 아름다운 트롯
우리들의 해군 희재 아재~

아재, 아재 우리 아재
노래도 최고요
춤도 최고요

울산의 해군 아재 희재
대한의 해군 아재 희재

사랑하는 우리 희재 아재
국민들 위해 열창하는 그대
세계를 위해 열창하는 그대

그대를 사랑하리라
그대를 안아 주리라

그대를 위해 나를 주리라
그대를 위해 박수 보내리라
랜선을 통해 박수 보래리라

내무반 트로트

내무반 전우들 생각하며
무의식이 질러대는
절규의 메아리
잃어버린 정을 찾아
메아리 울려 퍼지네

아~ 아~ 아아~
그리운 정 아쉬운 미련
사무쳐서 잊지 못하는
우리들 잃어버린 정아
우리들 잃어버린 사랑아

그 정 찾아 오늘도 떠도는
그 정 찾아 오늘도 헤매는
내 영혼~ 그대 영혼~

영혼의 만남을 위해
나는 그대 영혼을 불러낸다
내 영혼
그대 영혼에 키스한다

사랑하는 영혼아 씩씩하고
자유롭게 우리를 떠나자
떨어져 있어도 함께 하는
우리는 영원한
내무반 사랑아~

우정을 찾아서
사랑을 따라서
뜨겁게~ 뜨겁게 노래 부르자

Korean Navy

세라복이 부르는 트롯
세라복이 춤추는 트롯
해군은 남자 중의 남자
해군은 남자 중의 상남자

검정 해군복에 흰 선
매력이 넘치고
여심은 해군복에 약해
사랑에 빠지고

유니폼만 봐도 가슴 설레는
해군복만 봐도 가슴 설레는
사랑을 고백하는 여자
결혼을 고백하는 여자

유니폼이 노래 부르고
유니폼이 춤을 추는
해군은 남자 중의 남자
해군은 남자 중의 상남자

매력이 만점이라는
그 이름 해군
그대만을 따르리라
그대만을 사랑하리라

I miss your love

짧은 반소매가 매력인
흰 해군복 검은 줄
선으로 희망으로
디자인 된 세라복

매력이 넘치는 해군복
그 유니폼에 반해버린
돌이킬 수 없는 첫사랑
그대 닮은 내 첫사랑
I miss your love
I do miss your love

고운 미성
귀여운 얼굴
사랑하지 않고 견딜 수 없는
해군복 입은 그대, 그대여

그대 노래 속으로
빠지는 숨결
빠지는 입술

내 운명 가져간 그대
내 사랑 훔쳐간 그대

그 유니폼에 반해버린
돌이킬 수 없는 첫사랑
돌이킬 수 없는 내 운명

이젠 그대 위해 살리라
이젠 그대 위해 사랑하리라
내 영혼 안에 있는
해군복 입은 그대를 사랑하리라
I miss your love
I do miss your love

희므파탈

댄스하기, 딱 좋은
깜찍하고 귀여운 몸매
유연하고 사랑스런 몸매

여성 댄서들과 호흡하며
섹시 댄스를 보여준 실력
무대 앞뒤로 숨넘어가는 소리

조영수 작곡가의 찬사
"할 수 있는 건 다 했다"
"계속 힘을 준
보컬이 흔들리지 않았다"

해군은 못 할 것이 없다
모든 장르를 아우르다
해군은 스페셜한 남자
해군은 사랑도 멋지게 하는

그대는 멋지다
그대는 최고다

사랑하지 않고는
견딜 수 없는

마음 따라
사랑 따라 가리라
무조건 사랑 따라
가고 또 가리라

할 수 있는 건 다 하리라
그대 위해 다 하리라

그대의 돌리도

무엇이 그리도 그대를
기분 해치게 하는가?
무엇이 그리도 그대를
가슴 아프게 하는가?

정열적인 스페인 노래처럼
정열적인 스페인 댄스처럼

모든 것 다 털어버리고
신나게 춤을 추어요
우리 모두 춤을 추어요

살사를 추다가
바차타 댄스를 추어요
키좀바 댄스도 추어요

신나게 춤을 추며
돌리도, 돌리도
바람 타고 구름 타고
멀리 멀리 사라져요

그대 사랑 아픔 잊고
그대 사랑 슬픔 잊고
신나게 춤을 추어요!

신나는 춤은
신나는 노래는
돌리도~를 사랑하게 해요
돌리도~를 그립게 해요
심장도 날아오르는 돌리도

밤새도록 춤을 추어요
영원토록 춤을 추어요

춤은 사랑을 만들고
사랑은 춤을 추게 해요
그대 사랑 내 사랑 돌리도

Lovely 그대

화면보다 더 귀엽다
그대는, 그대는

실물이 더 미남이다
그대는, 그대는

열네 살에 스타킹에
출연했을 때 보다
그때도 귀여웠는데
이젠 찐, 찐으로 무르익었다

그대가 노래 부를 때
나를 일으켜 세워
그대와 함께 노래하게 하네요
그대와 함께 노래 부르게 하네요
그대와 같이 춤추고
사랑하게 하네요

그대 목소리는
청정한 물소리처럼
맑게 치솟는

저 자연의 소리
온 천지에 퍼지는
아름다운 꽃의 향기

폭포수 위로
삼중 무지개 뜨듯
Lovely 그대 사랑
황홀한 그대 노래

그대 위해 바치는
찬란한 무지개 노래
영원히 불러 주리라
Lovely 그대 그대를

댄스의 신동과 같이

그대는 춤의 신동
어릴 때부터 춤과 노래로
우릴 즐겁게 해준 그대

춤의 근원 그대인가요?
어떻게 그렇게 잘 추나요
숨겨진 끼가 폭포처럼 치솟는
새처럼 날 듯 가볍게 추나요?

그대 춤 동작이
내 영혼 불러가네
내 마음 뺏어가네
내 온 몸도 가져가요

그대 영혼 나를 초대해
저 하늘로 춤추며 나네
저 하늘로 노래하며 나네

그대 영혼과 함께라면
나비되어 천상에 가리라
나비되어 낙원에 가리라

그대와 함께라면
못갈 곳이 없으리라
이데아로 데려가주오!
간절곶으로 데려가주오!

빨강나비

빨강 수실 디자인
움직일 때마다
나비가 날아오르는
그대가 날아오르는
우주의 향기~ 푸른 향연

꽃을 든 남자를 부르는
그대는 열정의 춤꾼
그대는 정열의 노래꾼
아무도 못 따라할 거룩한 특기
그대 스토리 콩트로 풀어가네

그대는 특별한 캐릭터
열정과 끈기의 캐릭터
사랑을 퍼주는 캐릭터
희생이 삶의 의미인 남자

그대 사랑 품고 살아가리라
그대 사랑 안고 살아가리라
꽃을 든 남자를 사랑하리라

| 에필로그 |

세븐스타, 그대들을 위하여

미스터트롯이 찐하게 좋다. 그대들이 참으로 좋다. 별이 된 프린스들을 TV조선에서 만났다. 모두가 아들 같고 손자 같다. 코로나19로 언컨택트란 계절을 사는 동안 트로트는 위안이고 기쁨이었다. 미스터트롯 럭키7 외에도 레인보우 팀과 수많은 트로트 가수들의 노래는 기쁨의 절정이었다.

내가 젊었을 때 대중가요를 싫어했다. 언니가 유행가를 부르면 천박하다고 못 부르게 했던 시절이 있었다. 조카 화진이, 팬덤의 무리들을 따라다닌다고 혼내 준적도 있다. '넌, 가수들 따라다니며 박수치기 전, 네 인생에 먼저 박수를 보낼 줄 알아' 그렇게 못마땅했던 내가 인생의 끝머리에 트롯이란 거룩한 분야를 접하게 되었다. 치유가 일어나는 행복이 뭔지 알게 되었다.

클래식 음악, 팝송, 오페라 등을 좋아했다. 한마디로 시건방졌다. 인생의 희로애락을 말해 주는 우리나라 트롯이 얼마나 아름다운 종합예술인지 그때는 몰랐다. 요즘 나를 위로 해주는 건 트롯과 라인댄스, 줌바와 책이다. 나는 지난 4월 건강검진에서 우울증과 암 판정을 받았다. 미국에 살 때 잦은 지진, 화제, 권총강도, 블랙 먼데이 온갖 불운을 경험했다. 그보다 UCLA 입학 전, 서울대학교로 연수 갔던 제 아들 '폴 유빈'이 서울대학교 기숙사에서 감전사했다. 그 충격으로 스트레스의 바닥을 경험했고, 지금도 무의식에서 시도 때도 없이 불쑥 올라와서 사별이란 이름이 나를 괴롭힌다.

암과 우울증 판정은 당연한 결과라고 생각한다. 암과 우울증 판정은 요즘 내 삶을 더 단단히 꿰매준다. 준비할 시간이 주어져서 다행이라 생각한다. 감사하게 받아들이고 있다. 때가 되면 푸른 나뭇잎이 단풍이 되듯, 촛불처럼 마지막 시간을 불태우고 떠나고 싶다. 미스터트롯, 그대들을 위해서 요즘 새벽 4시에 일어나 글을 쓴다. 그대들 생각하며 글 쓰는 일이 즐겁기 때문이다.

화진에게 전화했다. 화진아, 가수들 따라다닌다고 흉본 것 미안하다. 고모 용서해줘. 다음에 팬덤 모임에 고모도 꼭 데려가줘. 미스터트롯 7명의 프린스들 모두 만나고 싶다. 모두 한결같이 사랑한다. 불행 속에서 미스터트롯, 그대들을 만나서 참 위로가 되었다. 행불행이 생각 속에 있음을 재발견한 케이스 중 하나이다. 요즘은 우울증과 암도 감사하게 생각한다. 일곱 별 왕자들이 노래로 내게 즐거움을 더해 주고 있기 때문이다. 그 보답으로 실력도 없으면서, 생각이 달려가서 마음속의 말을 시로 옮기면서, 트롯 프린스들 가슴으로 다시 만나게 되어 더 행복하다. '우리는 모두 만날 수 있다' 영탁이 팬카페에 적어 놓았다는, 그 말처럼 나도 그대들을 찐, 찐하게 만나고 싶다. 모두 승승장구하시길, 그대들을 사랑하는 팬의 한 사람이, 그대들을 존중하며 기도로 찐하게 응원합니다.^^

부산에서

그대들의 찐팬, 이항영(리사리) 씀

| 해설 |

시로 부르는 노래, 혹은 뜨거운 연서

– 이향영의 『세븐스타, 그대들을 위하여』에 부쳐

김정화

문학평론가, 동의과학대 외래교수

1. 로그인

가히 트로트의 전성시대라 할 만하다. TV조선 예능 프로그램인 '내일은 미스 트롯'의 열풍에 이어 '내일은 미스터 트롯'의 광풍으로 한국 대중음악은 트로트의 절정에 도달하였다. 트로트라는 장르로 진행된 오디션에 참가자들이 보여준 가능성은 무궁무진했다. 숨겨진 명곡들이 터져 나오고 성악과 마술, 태권도와 에어로빅, 쌈바춤과 폴댄스 등 다양한 장르와 접목하여 신선한 충격을 안겼다.

트롯맨들의 인기는 세대의 벽을 허물고 시공간의 한계를 뛰어넘었다. 아이돌 그룹에 열광하며 유튜브와 SNS 등 OTT를 선호하는 젊은 시청자들까지 텔레비전 앞에 앉게 하였다. 가슴을 후려치는 음색에 눈물을 흘리며 버라이어티한 무대를 선보이는 열정의 퍼포먼스에 아낌없는 박수를 보내었다. 트롯맨들의 공연 무대는 매회 새로운 신화를 탄생시켰고 무엇보다 세계적 팬데믹 현상인 코로나를 견디게 만들었다. 왕관의 주인공이 정해지고 나서야 경연은 종지부를 찍었다.

이 모든 과정을 지켜보던 사람 중에 이향영 작가가 있다. 리사리(Lisa Lee)라는 미국명을 가지고 있는 그녀는 43년간 미국 이민생활을 마치고 부산 해운대로 돌아온 지 3년 째 되는 귀향 작가로서, 그동안 이태석 추모시집 『환한 빛 사랑해 당신을』을 포함한 4권의 시집과 산문집 3권, 소설집 3권 등을 상재하였다. 그녀가 펜을 들었다. 보고(seeing) 듣는 것(listening)으로 만족하는 안방팬으로만 머물지 않고 나아가 쓰는(writing) 단계의 팬심(fan心)에 다다른 것이다. 혼신적으로 올인하는 트롯맨들에게 받은 감동을 한 권의 시집으로 화답하게 되었다.

그러면 칠순의 여성작가가 왜 하필 아들이나 조카뻘인 트롯맨들에게 애정을 보이는가. 그 이유가 그녀의 자전적 소설 「레퀴엠」에서 기인한다. 이 소설은 2009년 신동아 논픽션 우수작으로 당선된 작품으로서, 『The Rich Boy』(Kwang Ya Publishing Co, 2006)로 번역되어 미국 LACC(Los Angeles City College)에서 교재로 사용되었다. 이향영은 외아들을 잃은 아픔을 한 권의 진혼곡으로 그려내었다. 남편과 사별한 그녀는 한 살짜리 아들 이유빈 군의 교육을 위해 미국 땅으로 뿌리를 옮겼다. 이후 아들의 모국어 습득을 위해 서울대학교에 연수를 보냈다가 그곳에서 감전사하는 비극을 겪게 된다. 그 어미의 마음으로 그녀가 펜을 들었다. 7인의 트롯맨들에게 보내는 뜨거운 연서가 바로 『세븐스타, 그대들을 위하여』를 탄생시킨 것이다.

2. 문학, 신명으로 두드리다

한국인의 신명의 역사는 고대로부터 이어져 내려왔다. 천신을 섬기는 제천행사를 하면서부터 신명의 유전질을 춤과 음악으로 풀어내었다. 『삼국지 위지동이전』에도 우리 민족은 한번 놀기 시작하면 술 먹고 고기 먹고 춤추고 노래하며 사흘 밤낮을 보낸다고 기록되어 있다. 그러한 흥취가 오늘날 대중음악과 접목되어 트로트라는 가장 한국적인 노래가 탄생된 것이다. 트로트 음악이 공동체 축제에는 풍류로 즐겼지만, 식민시대와 전쟁의 아픔을 겪으면서 눈물과 이별로 한(恨)을 달래주었다.

코로나 팬데믹 시대인 지금은 어떤가. 마치 14세기 유럽을 휩쓴 흑사병의 대재앙이 떠오르는 불안한 날들이다. 당시 중세인들은 악을 버리고 선한 일을 하며 죄를 자백하는 종교적

믿음으로 전염병의 충격을 극복하고자 노력했다. 이 어려운 시기에 대한민국은 뜻밖에도 트로트 음악이 국민들에게 위안과 용기를 주고 있다. 바로 그 중심에 '내일은 미스터 트롯'이 배출한 7인의 트롯맨이 있다.

흑사병의 초토화를 목격한 이탈리아 작가 보카치오는 당시의 고통 받는 자들을 위로하기 위해 '10일간의 이야기'라는 의미의 『데카메론』을 집필했다. 그의 작품에서 인간은 불행을 맞닥뜨리게 되어도 체념하거나 굴하지 않으며, 맞서 싸워 지혜로 살아남는 개척자로서의 인간상을 그려 내었다. 작가란 시대를 반영하는 거울이 아닌가. 동시대의 흐름을 포착하여 언어의 지문을 찍어내는 일이 작가의 운명이라 할 수 있다. 그러한 작가정신이 이향영 시인으로 하여금 "새벽 4시에 일어나" 책상 앞에 앉게 만들었다.

『세븐스타, 그대들을 위하여』에서 선보인 63편의 시는 서간체 형식으로 쓰여진 트롯맨들에게 보내는 찬가(讚歌)이다. 시인의 감각과 상상력이 만든 찬미와 영탄이 때로는 강렬할 만큼 눈부실지라도, 문학이란 때때로 현실의 공허와 결핍을 뛰어 넘는 법. 가족과의 사별과 타국에서의 힘겨운 디아스포라적 삶을 견뎌왔던 그녀가 최근에는 우울증과 암 판정까지 선고받았다. 하지만 작가는 더 단단해졌다. "푸른 나뭇잎이 단풍이 되듯", 남은 시간을 "글 쓰는 일"로써 불태울 것을 다짐한다. 시인은 진정으로 즐겁게 그리고 역동적으로 소네트 같은 연작시를 쏟아내었다. 그녀가 직관으로 포착한 시적 이미지와 문장을 질주하는 경쾌한 시어와 마주친다면, 복잡한 일상을 잠시 접어두고 신명나는 글판 속으로 환승할 수밖에 없다.

『세븐스타, 그대들을 위하여』는 7부로 나누어져 있다. 시인은 일곱 트롯맨 각각의 매력과 개성을 찾아 글의 추임새를 더하였다. 특정 가수만을 지지하는 경쟁적 팬심이 아니라 한결같이 그들 모두를 사랑한다. 그러기에 "그대들이 참으로 좋다. 찐하게 좋다."라고 고백하고, "모두 승승장구하시길" 뜨겁게 응원한다.

희수를 넘긴 시인이 스스로 "찐팬"이라 지칭하였다. 그것은 소녀팬이나 삼촌팬들이 아이돌 가수에게 보여준 맹목적인 이성적 우상론과는 구별된다. 스타를 추종하는 절대적인 환호와 열광의 수용자에서 벗어나 참여자로서의 변화를 시도한 것이다. 그동안 그림이나 웹툰, 블로그와 동영상 그리고 팬픽(fanfic)이라 부르는 소설 등으로써 팬덤문화가 생산되었지만, 이향영 시인의 이번 시집 발간은 문학과 트로트의 결합이라는 독창적인 팬덤 양식을 탄생시킨 것에 의의를 둘 수 있다.

3. 7인의 트롯맨을 스캔하다

7인의 트롯맨들은 이제 당당히 스타(star)가 되었다. '진'으로 선정된 임영웅은 역시 히어로라 불릴 만하다. 그의 노래는 도입부를 섬세하게 말하듯이 시작해서 다이내믹한 고음까지도 부드럽게 넘긴다. '바램', '보랏빛 엽서', '배신자', '어느 60대 노부부'에서 그가 읊는 가사 한 줄 한 줄은 여느 시낭송가도 흉내 낼 수 없는 마력을 지녔다. 이향영은 평소 유행가는 천박하다는 고정관념에 젖어 있었다. 「에필로그」에서 "클래식 음악, 팝송, 오페라 등을 좋아했다. 한마디로 시건방졌다."라고 통탄한다. 인생의 황혼기가 되어서야 트로트라는 "거룩한 분야"를 접하게 되었다. 임영웅의 "나무가 부르는 꽃잎 목소리/ 나무가 부르는 비단 목소리(「꽃나무 그대」)"를 듣고서야 "몰랐네, 정말 몰랐었네/ 트로트가 사람 감정을/ 들었다 놓았다 하는 것을(「여심 저격 트로트」)"이라며 감성교감(Sensitivity Communication)의 몰입을 경험한다. 그리하여 영혼을 치유하는 임영웅의 목소리가 세계를 물들여 '케이트로트(K-Trot)'로서 브랜딩(Branding)되길 바라는 것이다.

영탁은 한 마디로 유쾌한 이미지의 가수다. 쳐다만 봐도 저절로 미소 짓게 만드는 사나이다. 긍정적인 마인드를 가진 의

리의 남자가 좌중을 휘어잡는다. '막걸리 한 잔', '찐이야', '니가 왜 거기서 나와', '누나가 딱이야' 등을 시원시원하게 열창한다. 그녀가 "꿈에도 잊을 수 없는 지난 4월/ 성모병원에서 우울증 판별 받고/ 내과병원에서 암 판정 결과 받고(「웃음으로 지운 눈물」)" 눈물을 웃음으로 지워내기로 하였다. 영탁의 노래 소리에 그리고 영탁의 웃음소리에 그깟 외로움일랑 날려버리기로 작정한다. "나는 노래를 부르지요/ 나는 춤을 추지요/ 나는 책을 읽지요/ 나는 영화를 보지요/ 나는 부지런히 걷지요(「왜 외로운가요?」) 하고 희망을 건다. 그럼으로써 영탁이 팬카페에 적어 놓았다는 "우리는 모두 만날 수 있다."라는 기대에 생명력을 얻게 된다.

이찬원에게는 "푸른 목소리"를 부여한다. 트로트 신동 출신의 대학생인 만큼 젊고 풋풋한 까닭이다. 구수한 창법과 특유의 꺾기로 청국장 보이스라 불리며 시청자를 사로잡았다. 그에게 '진또배기'는 '찬또배기' 또는 '갓또배기'를 탄생시킨 딱 맞춤 노래이다. '진또배기' 예선 때 '얼~쑤' 대목만 500번 넘게 연습하며, 자신의 실력을 재능이 아닌 노력이라고 말하는 겸손함에 아낌없는 박수를 보낸다. 그가 젊음에 날개를 달고 "한 계단, 한 계단 천천히" 오르길 바라는 마음으로 시인 역시 스스로 희망의 시간을 노래한다. "그 사람 먼저 떠나고/ 아이들 모두 떠나고/ 아무도 없어 외롭네/ 그래도 나는 살고파라(「시간이 해결」)" 아울러 훨훨 날길 열망하며 "한길만 쭈~욱 가면 되리라/ 옆길 안 보고 뒤돌아보는 일없이/ 직진만 하면 이루리라(「외길 인생 25년」)는 격려를 보내는 것이다.

김호중을 생각한다. 고등학생 때 전국 음악 콩쿠르 1위를 하고, 대한민국 인재상을 수상하여 독일 유학을 다녀온 실력자이다. 루치아노 파바로티가 장엄하게 부른 '네순 도르마'를 그가 다시 열창한다. "아무도 잠들지 말라(Nessun Dorma)"며 "승리하리라(Vencero)"고 외친다. 시인은 이제 그의 삶도 더 이상 방황하지 않고 오페라 가사처럼 승리하기만을 염원한다. "고래처럼 힘 있게, 힘을 길렀지/ 누구도 나를 건드리지 못하게/ 고래처럼 싸워 이기려 했네/ 그때는 몰랐네 진정 몰랐네/ 지는 것이 참승리라는 걸(「고래박물관에서」)" 눈물을 쏟게 만드는 그야말로 몰입과 헌신을 요구하는 창법으로 그가 "고맙소"라고 화답한다. 클래식을 접목한 대중가요라는 그만의 색깔로 트바로티 김호중이 최고의 무대를 선사한다.

14살 최연소 트롯맨 정동원 군이 최후의 7인으로 남았다. 폐암 투병중인 조부를 위해 출연했던 소년은, 이제 할아버지가 좋아하던 '누가 울어'를 추모곡으로 바치게 되었다. 독학으로 공부한 색소폰을 어깨에 두르고 야무지게 호흡을 내뿜을 때면 시인은 "가녀린 네 가슴에/ 슬픈 강이 흐르고 흘러/ 일찍부터 상처를 배우고 배워(「국민 아들」)"라며 어린 트롯맨을 다독인다. '보릿고개'를 절절한 감성으로 끌어올리면 "슬픈 곡조로 부르는 노래/ 왜 이리 가슴이 저려 오는지(「팬클럽」)" 하고 작가의 가슴은 비통함에 젖어든다. "아들 같은 동원이"니까. 어깨춤을 들썩이기보다 눈물부터 쏟게 된다. 그리하여 "그대 있는 그곳에 가고파라/ 파란 개울물 흐르는 그곳/ 동원이 있는 하동에 가리라!(「하동에 가고파라」)"라는 염원을 품는 것이다.

'트롯 신사', '트로트계의 BTS'로 불리는 장민호는 1세대 아이돌 가수(Teen Idol)라 할 수 있는 '유비스(U-BES)'의 메인 보컬 출신이다. 하지만 인기를 끌지 못했고 발라드 그룹 '바람'을 거쳐 '사랑해 누나'를 발표하면서 트로트 가수로 전향하였다. 혹독한 시행착오 끝에 비록 소녀팬들의 오빠는 되지 못했지만, 어머니들의 '왕자님'이 되었다. 그러한 그가 현역부 도전자로 등장해 한 세대를 뛰어넘는 어린 후배와도 케미를 이루며 트롯맨들의 선봉장에 우뚝 섰다. 마치 신화 속의 조각상이 움직이는 듯한 그의 표정에 자신이 만든 조각상에 생명을 불어 넣은 피그말리온을 떠올리지 않을 수 없다. 시인이

"그대 운명 티케 신이 도우리라/ 그대 행운 포르투나가 도우리라(「피그말리온처럼」)"라며, "한해살이 들풀이 아니라/ 영원히 빛나는 물별꽃으로/ 환하게 피어있어 주세요(「물별꽃처럼」)" 하고 기원하는 이유가 여기에 있다.

트롯 신동 '울산 이미자', 김희재가 떴다. 매력 넘치는 해군 아재가 하얀 세라복을 입고 폭발적인 가창력으로 '돌리도'를 부른다. "국민을 위해 열창하는 희재 아재/ 세계를 위해 열창하는 희재 아재(「해군 아재」)" 이향영 시인에게 김희재는 러블리한 "아재"로 호명되었다. '아저씨'가 아닌 '아재'라는 다감한 이름에는 허세와 권위가 들어 있지 아니하다. 정감이 흐르는 부드러운 아재파탈의 매너남으로서 거듭난다. 나아가 시인은 작곡가의 찬사를 빌어 "할 수 있는 건 다 했다/ 계속 힘을 준 보컬이 흔들리지 않았다(「희므파탈」)"라며 "희므파탈"이라는 매력적인 호칭을 부여한다. 뿐만 아니라 희재는 아름다운 춤꾼이다. 팬심을 요동치게 만드는 몸의 곡선으로 "살사와 바차타와 키좀바 댄스도" 멋있는 춤선으로 완성하길 바라는 것이 시인의 마음이다. 그리하여 미스터트롯, 그대들이 있어서 요즘 우리는 즐겁다.

4. 로그아웃

'트롯맨'이라는 타이틀은 이제 명실공이 하나의 브랜드가 되었다. 전무후무한 경연무대를 가진 참가자들 덕분이다. 같은 곡도 트롯맨이 부르면 인기곡이 되고, 묻혔던 곡도 트롯맨이 노래하면 명곡으로 재탄생된다. 저마다의 개성과 매력을 가진 7인의 트롯맨들이 시청자들을 압도한다. 방송사는 7인 7색에 대해 다채롭게 풀이해 내며 다양한 콜라보레이션을 선보인다. 그들의 무대는 뉴스와 광고, 예능과 콘서트 등으로 확장되어 대중문화 콘텐츠를 확장시켜나가고 있다.

전국민을 상대로 한 '신청곡을 불러드립니다-사랑의 콜센터' 경우만 보더라도 수백 통의 전화가 걸려오고, 전국 투어 콘서트 예매는 발매 시작과 함께 전석 매진을 기록하는 놀라운 티켓파워를 보여주었다. 출연 영상 조회수가 수직상승하며 관련 기사의 응원 댓글은 봇물을 터트렸다. 트롯맨들은 음악 장르와 함께 팬덤 문화까지도 긍정적으로 바꾸어 놓았다. 경쟁 가수를 비방하기 보다는 박수를 보내고 자신의 가수에게 더 열광하는 것으로 응원 풍토도 변모했다. 스타를 위하여 전염병 기부금을 내고 팬 이름으로 다양한 봉사를 한다. 오직 노력으로 지금의 자리를 이루어낸 트롯맨들의 열정에 진정으로 감동하기 때문이다.

그동안 트로트의 예술적 품격은 편협하게 판단되어져 왔다. 신파적이고 촌스러운 중년 음악이라는 선입견을 가졌거나, 왜색적이며 천박하다고 여겨 일명 '뽕짝'으로 비하했다. 끊임없이 대중의 취향을 의식하며 변화와 발전을 거듭했지만 가요계의 지각 변동을 일으키기엔 역부족이었다. 그러한 트로트가 기성세대층이 즐기는 소수성에서 벗어나 전 국민이 몰입하는 다원성을 지니게 되었다. 이제 보통사람이 즐기는 '대중음악(Popular Music)'으로서 당당히 자리 잡은 것이다.

스타의 골수팬들이 포털사이트에 하트를 날리며 인기투표를 하고 온라인 동영상 스트리밍을 하듯이, 작가 이향영은 오직 트롯맨들을 위한 헌시로서 이번 시집을 상재하게 되었다. 트롯맨들의 노래에 눈물을 쏟고 어깨춤을 들썩이는 것처럼, 『세븐스타, 그대들을 위하여』를 펼친 독자들이 노랫말을 흥얼거리듯 흥겹게 때로는 진지하게 읽어주길 기원한다. 「시인의 말」에서 보여준 "아들에게 글을 쓰듯, 노래 가사와 시의 형식을 빌려 미스터트롯 7명에게 편지를 썼습니다."라는 모성애적 응원이 고통의 삶을 견딘 시인 스스로에게도 회복과 재생의 시간이 되기를 희원한다.

이향영 Lisa Lee 시집

SEVEN STARS
그대들을 위하여

초판 1쇄 2020년 6월 3일

지은이 이향영 Lisa Lee
펴낸이 안혜숙
편집 디자인 임정호

펴낸곳 문학의식사
등록 1992년 8월 8일
등록번호 785-03-01116
주소 우 23028 인천시 강화군 강화읍 국화리 840-1 삼원아트빌 402호
우 04555 서울 중구 수표로6길 25(충무로3가 25-12) 501호(서울 사무소)
전화 02.582.3696
이메일 hwaseo582@hanmail.net

값 11,000 원